文芸社セレクション

業

原 瑞希

HARA Mizuki

文芸社

1章

地響きが収まることはなかった。

いつマグマとなって噴き出しても不思議ではなかったが、危ういながらもどうにか均衡を保っていた。

私と妹との表に出ない闘いであり、そして私達姉妹と父との相克な争いでもあった。

その二十数年にわたる均衡が崩れだしたのは、父の死であった。

生存していたなら今年100歳になった父が、平成13年に79歳で突如逝った。

シベリア抑留から生還してきた父は、目の前でバタバタとたおれていく戦友をなす術もなく見送ってきたからか、逝く時は誰の手も煩わせずにパッと逝きたい、と常々言っていた。

私が体によくないからと口を酸っぱくして言っても、タバコをやめなかったし塩分の摂りすぎを気にもしなかった。病院にもよほど具合が悪くなければ足を向けようともしなかった。

無念の死を遂げた戦友達の負い目もあったのか、死に対しても恬淡《てんたん》としたところがあり、健康にことさら留意することはなかった。

とはいえ、年の割には頑健で自分の体に過信していたことは否めない。

そんな父であったが、よもや今日が最期の日になるとは予想だにしていなかったのであろう。

寝室には吸い殻で埋まった灰皿がベッドの横の机にそのままになっていて、退職して始めた川柳がチラシの裏に記してあった。塗りつぶしたりつけ加えたり推敲の跡はあったが、いつもの骨太の字で何ら病気を予兆する字ではなかった。

死因は動脈瘤破裂である。

後に知ったことだが、近くの病院に行ったものの大きな病院に行った方がいいとのことで、医者が救急車の手配をしようとしたところ、父がかたくなに拒否したという。「○○病院までならわし1人で運転して行ける。大丈夫だ」、と。

どうやら紹介された病院へは無事につき、精密検査を受け服を着終えた時に息絶えた、ということであった。

本人は本望であったかもしれない。たとえ言い残したいことや会いたい人がいても、急に襲ってきた死を前にして何の太刀打ちもできなかったに違いない。

だが夕刻、死亡先の病院から呼び出され慌てふためいたのは私である。

その日の昼食も父といっしょだったのに、体の不調を訴えることもなかった。それに普段から遠出でない限り行き先も言わずに出かける父であったから、病院に行ったことさえ知らなかった。

年齢からすれば何があってもおかしくないのに、まだ先のことと思っていた私は病院からの電話を受けてパニックになった。

が、はっと我に返り夫とともに病院へ駆け込んだ。

すでに死体となった父を前に、蘇生をしたがダメでした、と言う医者の説明を受けても、私はただぼう然とするだけで全ての機能が止まったままであった。

そんな私を横目に夫は携帯電話を取り出し、先ずは2人の息子に知らせた。

当時長男は大学を卒業したものの職探し中で、入学したばかりの次男のところに転がり込んでいた。たまたまいっしょにいたので一度の連絡で済み、2人して大阪から駆けつけてきた。

父は子育ての失敗を取り戻すかのように孫をかわいがり、私から見ると正視できないような好々爺振りを示した。

キツツキに似た孫たちに攻められる

正直なところ、川柳を解せない私には真意がわからないがこの句が父の近詠になった。あのチラシの裏に書き残したものである。

父の愛情に応えるかのように長男も次男もおじいちゃん子で、父を葬った後、

「オカンがもっと大事にしてくれたら、じいちゃんはもうちょっと長生きしたのに……」、と2人して私を責めてきた。

(何を勝手なことを言うんや。甘やかされただけのあんた達と違って、父との間で私がどんなに悩んだことか)、思わず口に出かかったが私の中で咎めるものがあり何も言わなかった。

夫が次に連絡したのが親族の長老である伯母の夫である。

私の母は二十数年前に亡くなっていて、もちろん孫の顔すら見ていない。父に兄弟姉妹はいなかったが、母には6人いてその中の次女であり、父の死亡時には姉と3人の妹がいた。

なかでも母の姉である伯母は母亡き後の母代わりとなった人である。

3人の叔母は遠くに住んでいたり複雑な事情を抱えていたりしたので、つき合いもほとんどなかった。

夫はそのことを考慮したのであろう、伯父に伝えれば伯母がよしなに判断してくれると思ったので母方の親戚には知らせなかった。

夫の方の身内はすでに両親は他界していたし、知らせるとすれば兄姉と妹3人であるが、夫以外宮崎の生家か、九州に住んでいたこともあり、後回しにした。

知らせることに迷ったのは父の元職場の人と友人である。元職場といっても夫の現在の職場であり、父はOBの会長でもあったので誰にするか決めかねたが、最終的には今も父と親しいO氏に決めた。O氏に連絡すれば後はいいように計らってくれると思ったからである。

友人の場合も同様に決めかねた。

父は家では亭主関白で、Uターンして同居するまでは私には怖い人以外の何者でもなかった。ところが一歩外に出ると人が変わったかのように聞き役になり、世話役を買って出た。

「わしもここで世話になったんやからここの人に恩返しせないかん」、と言っては私有地をならしてゲートボール場にしたり、地元の会館の光熱費を全額出したりした。

男気があるというのが地元の人の評価であった。

そんなこともあり、遠くにいる友は後にして近くにいる友にと思ったが、友が多くてこの人というのが浮かばない。

結局Y氏に連絡した。

身内も含めて皆の反応は一様に、「えっ？　ほんまか？　交通事故にでも遭ったんか？」、であった。

彼らにもせわしなく動いていた父をつい最近まで見ていただけに、信じられない思いがあったのであろう。

父を乗せた葬儀社の車に私も乗る。

わが家が近づくと父の死を聞きつけて集まった人達が、門の外で待っているのがわかった。

疎ましい気持ちはあったが、こんなにも慕われていたのかと思うと胸が詰まり、遺体となった父が恨めしく思った。

外はもう暗くなっていて、近所の人が明かりを灯して待っていてくれた。

伯父や伯母も待ち構えていた。

伯母は周りに人がいないのを確かめるとさっと私の肩を抱き、人気のない納戸へ連れていった。

息せききって言ったのは父への悔やみでもなく、「美也ちゃん、志津ちゃんにはもう連絡したんか？」、である。

即座に首を振る私に、「そうやろなあ。そう思って差し出がましいことやけど、私から電話しておいたわ」

「どの娘《こ》かわからんかったけど、お母ちゃん今配達に出ていっておらへんと言うから、川原の父が今日亡くなったと伝言したんや。そう言って切ったんやけど、たぶん志津ちゃん今時分娘から聞いてるはずや」

妹の名は志津子で娘が４人いる。

夫には十数年前に先立たれ、１人で酒屋を切り盛りしている。

娘達に生家のことを明かしているかどうかわからないが、伯母は電話に出た娘に自分の素性を言ったそうだから恐らく通じたはずだ。

本来なら私から連絡して当然なのだが、二十数年の断絶が壁になり、緊急の電話すら体がこわばって手が動かない。

夫も事情がわかっているので、私を差し置いて連絡しなかったのであろう。

先ほどまでの胸のつかえはなくなったが、まだほっとできない。

伯母は気を緩めてはならじと言葉をおいかぶせた。

「美也ちゃんもつらいやろけど、志津ちゃんは明日はどうかわからんけど明後日の葬儀には来るはずや。どんなにいがみ合っても親子や、父親の葬儀に来ないはずはない。そやけど生身の姉妹は違う。急に仲たがいがなくなるとは思われへん。葬儀に来る人はあんた達のことをよう知ってる。そら、仏さんになった人を悼む気持ちはあるやろ。あんた達のお父さんが皆から好かれていたことはわかってる。けどなあ、世間の人はあんた達のことに注目してる。どんな風に振る舞うか興味津々や。だから美也ちゃん、当日だけでも本心は隠してごく普通の姉妹のようにしいや」

が、諭されても自信はないし、素直にうなずけなかった。

そのまま顔に出ていたのか、伯母は、「私はいつも美也ちゃんの味方やで。又、後のことはじっくり考えよう」、励ますように言うとそそくさと出ていった。

集まった人達も帰り夜も更けた。

父を挟んで長男と次男が寝る。夫も付き添った。

私は1人寝室に籠もったが、その晩はまんじりともしないで夜をすごした。

2章

私達は元々仲のよい姉妹ではなかった。

姉と妹だけの2人っきりで、年も近い。更に同性となるとどうしても比較されがちだ。いやでも競争意識が生じる。しかも私の勝手な思いかもしれないが、姉妹の場合だと容姿の占める割合が多くなり熾烈さが増す。

似た姉妹なら別だが、私達は私が父似で妹が母似であり他人には姉妹と映らなかった。

たまたま大学で知り合った友人は4人兄弟姉妹であった。彼女は長女であったが2歳違いの兄がいて3歳違いの弟がいた。弟の下に少し離れた妹もいた。彼女が言うには、家が商売をしていたので親も忙しくて子どもに構っていられない。自然と子ども同士が助け合い、出来不出来はあってもいがみ合うことはなかったと。

決して自慢話をするわけではなかったが、私には忘れられない話であった。姉妹といっても一様でないことを知った。

私は昭和25年、今は市であるが郡部の田舎に長女として生まれた。周囲は田畑ばかりであったが、ぽつぽつと店があり小学校や農協、郵便局等、最小限の公共施設もありへき地ではなかった。

父は一介の勤め人であったが、祖父母があちこちに不動産を持っていて、農地を耕さなくても収入があった。

けれども田舎生活では田畑を耕さなければ、その日の菜にも困る。ところが祖母はうち娘で戦後までお手伝いさんに任せっきりだったせいか、家事が不得手。加えて農作業に欠かせない鎌・くわすら使えない。

必然若くして嫁いできた母の肩にかかってきた。日中母が主になって田を耕し畑で作物を作っていた。男手が入るのに、まだ50代であった婿養子の祖父は、昼間からブラブラしていて、気が向けばどこからか和とじの本を引っぱり出して読んでいた。

そんな環境に生まれてきた私は、どういうわけかかんの強い子で泣きやまず、母を絶えず困らせたらしい。

乳飲み子でなくなるやいなや祖母の手に渡り、私はおばあちゃん子として育てられた。

昭和28年、次女が誕生。

妹である。

私とはほぼ3つ離れているが学年は2学年しか離れていない。

でも小さい頃の3つ違いは大きい。

それまで家族からの愛情を独り占めしていた私は、妹の誕生がおもしろくない。

生まれてどのぐらい経っていたのであったか、ある日じっくり赤ちゃんを見てみたいと思い、渡り廊下を隔てた離れ座敷に行った。

母にはくどいほど、「びっくりして泣き出すから、赤ちゃんのそばに行ってはいかんよ」、と言われていたのに誰もいないのをいいことに行ってみた。
私はどんぐり眼で色黒であったが、妹は色白で涼しい目元をしていた。
誕生を聞きつけて来た人達は、皆かわいい赤ちゃんだと褒めちぎった。
すなおにうなずけなかったのは3歳になった私だ。
3歳にして嫉妬心があったのであろうか。
妹は寝息も立てずに眠っていた。
間近かで見るのは初めてだ。
私は躊躇なくキューピー人形のおでこを押すように妹のおでこを押してみた。
強く押しすぎたのか、今まで眠っていた妹が火がついたように泣き出した。
怖くなって慌てて座敷から飛び出したが後は覚えていない。
だがこれだけではない。
2歳になった妹は知恵もついてきたが、まだ姉の私の言いなりであった。
つるべ落としの夕暮れ、祖母と母はかまどで煮炊きをしていた。
私と妹はちゃぶ台の前に座わって夕食ができるのを待っていた。

ほどなくして熱々の鍋が運ばれてきた。

じっとしていてな、と言われていたが、ふっといたずら心が起こり、「志津の好きなお芋さんが入っているで。早よ取らんと皆に取られるで」、とけしかけた。

妹はがってんとばかりに鍋の蓋を取り手を入れた。

妹がどうなるか充分わかっていたのに私はしらをきり、「お母ちゃん、志津が……」、と妹の泣き声に負けじと泣き出した。

（姉ちゃんがお芋さんが入っていると言ったから）、と一言でも言えば私は咎められていたであろうが、妹はそれどころではなかったのであろう。

母はすぐに飛んで来て水で冷やしたが、何の効果もなく泣き続ける妹に一晩中付き添った。

翌朝タクシーを呼んで市立病院に駆け込んだ。

全治1ヵ月のやけどであったが今は跡形もなく消えている。

いつか妹にその時のことを訊いたが、やけどをしたこと以外記憶になく私はそれをいいことに蓋をした。

やがて私は小学校に入学し、初めての集団生活を送ることになった。

というのも、私の住む地に保育園や幼稚園がなかったからである。

母は私がわが家では妹と口げんかするほど口達者なのに、一歩外に出ると全く話せないことに気づいていた。

祖母や周りの人に私のこの様子を言っても、「内弁慶やろ。それでなかったら人見知り違うか」「恥ずかしがりやや。まあ、そのうちしゃべるやろ」、と言って母の気遣いを真剣に取り合わなかった。

だが、おとなしいだけで片づけられても何の解決にもならない。

案の上、入学して間もなくいじめが待っていた。

最初は近所の子どもからのやゆであった。

「家でしゃべっているのを見たで。そやのに何で外ではしゃべらんのや?」、と。

次にあまりに口を閉じたままの私に気づいたのは、担任の先生であった。

ところが、どうにかしてクラスの輪に入れようとしたのが裏目に出た。先生がいなくなると、「先生にひいきされていい気になるな。何もしゃべらん子はじゃまなんや」、と仲間に入れてくれるどころか総すかんをくった。

いじめの材料はどこにもあった。

他の子と違って家に経済的ゆとりがあることもいじめを加速した。殊に女の子達のいじめは容赦なしであった。

下校時、数人が私を取り囲む。

「美也ちゃんはお嬢さんやからいつもええ服着せてもろて」

言い返せないのをいいことに服を引っぱられたり、泥で汚された。背負っているランドセルも棒切れで引っかけられた。

それでも低学年のいじめはまだ我慢できた。

いじめられてつらいのは、いじめられているのを身内に見られることだ。

3年生になって妹が入学してくると、私の緊張度は増した。

しばらくは揃って登校したが、やがて私以上に妹がいっしょに行くことを嫌った。

もちろん他人のように振る舞ったが、狭い地域である。皆姉妹であることを知っている。

その上妹は、私のお下がりをことごとく嫌がったので、節約第一の母は苦労した。

今思うと妹は、姉の存在がうっとうしかったに違いない。その分、先生や友に好かれようとがんばったのかもしれない。

元々活発で明るい性格だったこともあり、友達づき合いを苦にする子ではなかった。

すぐに人気者になりクラス委員長になった。

ガリ勉タイプではなかったのに、通知簿は5段階の5ばかりであった。

それに比べて私の方はパッとしない通知簿であった。

いつもびくびくして勉強に集中できなかったからである。

その上高学年になると男の先生が担任で、一気に学校嫌いが高じて登校拒否一歩手前まで追い込まれた。

授業中先生に聞こえるように言わなければ、何度もやり直しをさせられ立たされた。

当然学校中に知れ渡たり、地域でもうわさになった。

今までは低学年ということもあり、女の先生が何かとかばってくれたりオブラートで包んでくれたので目立って表面に出ることはなかったが、男の先生の荒治療はいじめっ子からは好評で、いじめの回数は減ったが、私はいじけてますます暗くなっていった。

家でも祖父は静観したが、祖母はおろおろし、父や母は何でしゃべらんのやとやっきになって責めてきた。

私に気の休まる場はなかった。

学校大好きな妹と学校大嫌いの私とは歴然とした違いがあった。

ますます互いへの嫌悪が増し相いれない姉妹になった。

今にして思うと小学生の私は場面緘黙《かんもく》児であった。

場面緘黙児《かんもくじ》は今でも幼児・児童の0・15%程度が発症する不安障害の一つである、とは心理学の本からの抜粋である。

私が通った小学校にはざっと400人の児童がいたが、場面緘黙児は私1人であったからよけいに目立ったのであろう。

でも緘黙《かんもく》状態はずっと続くわけではない。

私の場合も薄紙を剥がすように少しずつよくなった。

根の性格は変わらないが、おとなしい、消極的と言われ、周りの見方も変わっていった。

中学に入学すると区域も増え、随分と楽になった。

私のことを知らない人が増えたからだ。

たぶん妹の方も姉の動静を気にすることなく、小学校生活を送れたのではなかろうか。

3年生になり妹が入学してきたが、さほど気にならなかった。

仲よくなり歩み寄ることはなかったが、妹も何でもかんでも姉のお下りを拒否するのではなく、サイズが合えば着るようになった。

暗雲が漂ったのは、私が高校3年で、妹が同じ高校に入学してきた頃からである。

ただ同じ高校とはいえ、妹は成績上位が占めるクラスであった。

それに趣味が読書だった私は文系であったが、妹は理系であった。

クラブには入っていなかったが、妹はスポーツも好きで、中学の時はソフトボールの選手であった。

両親にとって妹は明るくて成績もいい自慢の娘である。

それに比べると私は低空飛行の成績で、内に籠もりがちの気難しい娘である。

両親の愛情は同じであったかもしれないが、私には妹だけがかわいいのかと不満であった。

それにも増して憎らしいのは妹であった。

ボーイッシュであった妹が私の背丈を超し、やせ気味だった体型に丸味が出てきた。

勉強をおろそかにすることはなかったが、異性からちやほやされ、そのうち何人かとつき合い始めた。

ある日の下校時、私はクラスメートの男子生徒から声を掛けられた。

「1年の山下さん、あんたの妹と聞いたんやけどこれ渡してくれへんか？」

見るとどうやらラブレターらしい。

「自分で渡しいや。それがいやなら他の人に頼み」

私はにべなく断わった。

正直彼に何の感情もなかったが、妹のことを知っているのだと思うとショックであった。

それに妹は現時点で同級生とつき合っている。

もし妹がOKしても恐らく彼は振られるだろう。

やっかいなことになるだろうという予想は的中した。

何度かデートをしたものの、結局彼は振られた。

すると彼は、「あの子は多情や。次から次と男を替える。あの子には気をつけろ」、と触れ回った。

帰宅して妹にこんなことを言われているでと言っても、ほっといてと歯牙にもかけず、言う私の方がばかをみた。

父には言うことをためらったが、母にそれとなく言うと、「あの子もてるもんなあ。けど勉強もしてるし何でも話してくれるから、大丈夫や」、と相手にしてくれなかった。

私もこれ以上騒ぎ立てる気にもなれず、うわさだけのことと打ち切った。

私は卒業するや上京した。

以後帰省することはほんの数回で、高2、高3時代の妹とまともに話することもなかった。

地方から出て来た人が大方ホームシックになるというが、私は学生という気楽な立場であったからか、一度もかからなかった。

ぽっと出の私である。まごつくことは幾つもあったが、住んでみると東京はこの上なく居心地がよかった。

第一、こちらから言わない限り誰も私の素性を知らない。もちろん緘黙児《かんもく》であったことも知らなければ、そのためにいじめに遭遇したことも知らない。ましてや妹のことが知られる恐れもない。

私が東京の大学にこだわったのは、単に東京に行きたかっただけである。だから同級生の大半が関西に行くのを前もってわかっていたので、私は何としても彼らが行かない東京へ行きたかった。たとえ東京の大学に進学する人がいたとしても、あの広い東京なら擦れ違ってもわからないだろうと踏んだからである。

両親は当然ながら猛反対した。

大学に合格したとはいえ、三流大学である。高い入学金を捻出しなければならないし、4年間の学費、女の子が1人で住む安全なところを見つけなければならない等々。

が、私は何が何でも行きたいのだと我を張り、半ば家出同然で上京し、勝手に三畳一間の部屋を契約してきた。

ついには両親が折れ晴れて上京することになったのだが、両親に対する負い目が常に付きまとった。

それがあってか、上京してからはなるだけ自活しようとアルバイトに精を出し、大学に行かないことも多々あった。

そうこうしている間に、妹は大阪にある国立大学に合格した。

母は興奮してわざわざ長距離電話で合格したことを知らせてきた。

一律三畳一間の学生アパートには、総勢20名の女子学生が入居。

私はここに卒業するまでいたが、安価とはいえ台所もトイレも共用で、その上、相当に傷んでいた。

そのためか、何年も住み続けている人は少なかった。入れ替えが激しくて、見かけなくなったと思ったら、別の人が来ていた。

でも部屋はすぐに埋まり、空き部屋はなかった。

大半は地方から上京して来た人であったが、なかには東京に家がありながら下宿している人もいた。

通う大学も違えば年の差もあり、一様でないのが面白い。結局私は4年間居着いた。

私の隣は、東大生で理系の学生だった。初めましてのあいさつすら腰が引ける私であったが、彼女は気さくな人でイメージしていた人とは違いほっとした。

後に大学祭に連れて行ってくれたのは彼女である。へえ、これがあの赤門の東大かと、お上りさんよろしくキョロキョロ見学したのを今も覚えている。

東大生の彼女の他に、印象的だったのは学生でありながら活動家でもあった彼女であった。

宝塚の男役さながらの人で、主義主張を言わなければもっとうまく世間を渡れたかもしれない。

その彼女が、ある日、私を含めて3、4人の下級生を部屋に招き入れてくれた。

私達は大方、仲間にならないかという話ではないかと幾分警戒気味であったが、意外や恋愛観あれこれであった。

実はこれには伏線があって、外国語を専攻していた、見た感じかわいい学生が、外国人の留学生にだまされたことが引き金であった。もっと言えば妊娠がわかり、留学生は母国に逃げ帰ったからである。私達は乏しい財布から、国際電話代や中絶費用をカンパした、そんなことも加味してのことであったと思う。先輩として私達に言い含めようとしたのであろう。

「あんた達、どんなにハンサムな男に声をかけられてものこのこついて行ってはダメ。男は顔じゃないのよ、中身こそ大事。それは…………」、と話していると、「おーい、早く来いよ」、と言う野太い声がした。

するとと今まで説教をたれていた彼女は、さっと窓を開け、下にいる彼に、「すぐ行くから待ってて」、と応じた。

そう応じるやいなや、彼女は何と私達の前で恥じる様子もなく口紅を引き、身仕度をすると、「じゃ、続きはまたね」、と言い残して出て行った。

私達は彼女が出て行くのを見届けると、一斉に下をのぞき見た。

「男は顔じゃないと言ってたけど、彼、結構男前だよ」

「先輩も人が悪いよ。自分は男前の彼がいるのに、何が男は中身よ。しらじらしい」

私達はやっかみ半分、羨ましさ半分で、すっかりしらけて、続きの話を待つ気になれなかった。

後で知ったが、彼は先輩と同級生で、もう何年もつき合っている同志であり恋人であった。

いろんな人がいたが、私が一番ショックを受けたのは在日朝鮮人の彼女であった。

出会いもショッキングであった。

何と大トラになって廊下に寝ころんでいた。

ぎょっとなって思わず声をあげそうになった。

えっ、ここは男子禁制のはず、どこから侵入して来たのかと思ってよく見ると、女性ではないか。

ショートカットにジーンズで、一見して男に見えたが、肌はつるつるだし小柄だ。

慌てて隣の部屋をノックすると、「ああ、彼女、いつも日曜日の夜は大トラになるのよ。後で私達でベッドまで運んでいくから気にしないでいいよ。だからもう少し寝かしておいてあげてね」、との返事。

彼女と直接話すことはなかったが、いつも気になる人であった。

大トラになった翌日は、一転して気遣いの彼女であった。

率先してアパートに1台あった電話を取り次いでくれたり、屋上の洗濯竿を点検したりしていた。

Ⅱ部とはいえ、国立大学まで進んだ彼女ならトラックの運転手をしなくても、もっと楽なアルバイトを見つけられたに違いない。

大トラになったのも肉体的にきつかったからだろう。

アパートに住む人は皆、彼女が差別されてもたくましく生きているのを知っているから、大トラになってもやさしく見守っていた。

それにしても彼女は、私にはまぶしく見えた一人である。

話がそれたが、アルバイトの話に戻すと、私は大学の掲示板にある数少ないアルバイト先を見つけるより、アパートでアルバイトを紹介してもらうことが多かった。

人手が足りないと言ってるから、あなたも行ってみる、とか、都合が悪くなったから私の代わりに行ってみる、等々の誘いがあった。

それで大いに助かった。

アルバイトは、デパートの催し会場の手伝いとか、ウエイトレス、工場の流れ作業、映画館のもぎりとかであった。

大学に行かないことが多々あったのは事実だが、アルバイトも含めて、ここでの体験が閉じ籠もりがちだった私をほぐしていったように思う。
1、2年生の間は学生でありながらアルバイトが主である生活を送っていたが、3年生ともなると専門コースになり資格のための授業も増えた。

文学部で取れる資格は限られている。

それでも資格を取って卒業しなければ採用してくれるところはほぼない。何より学費を払ってもらっている親に申し訳ない。

国語の教員免許を選択したのはそのためである。

でも一抹の不安があった。

教育実習である。

今はどうなっているのかわからないが、私達の頃は各自の母校で実習するのが原則で、よほどのことがない限り例外は認められなかった。

そのため北海道や沖縄まで帰る人もいた。

私などは遠いと言っても新幹線に乗れば一日かからずして帰れる。

が、全く愛着のない母校にどうあっても行きたくない私は、免許を断念しようかとまで思った。

と、悩んでいた私にいい情報が入った。

大学で英米文学を教えていた講師が、高校でも教えていることを聞き込んだ私は、恥を忍んで泣きついた。

私の母校は関西の大学でないと受け入れてくれないとか、実家には帰れない事情があるとか、うそ八百をならべて、先生が教えている高校で教育実習をさせてもらえないかと。

恐らく講師はうそであることを見抜いていたと思うが、年配の講師にとっては小娘のような私に同情したのであろう。

ところが許可が出たのはいいが、改めて学校名を知り仰天した。

神奈川にある工業高校である。しかもそこの夜間である。

男子生徒ばかりかもしれない。大人もいるかもしれない。そう思ったがいまさら辞退することもできず、行くことにした。

実習生は私を含めて8人いた。

私以外は皆同じ大学で学ぶ勤労学生である。

工業高校だったのか、女子は私だけであった。

最初の1週間は先生が教えているのを教室の後ろで見学である。私は2年生を教えることになった。男子ばかりだと思っていたが、ぽつぽつと女子もいる。大人はいない。クラスは1つしかなく20人いるかいないかであった。

2週目は教壇に立ち、後ろで先生が実習生の採点をしている。しっかり準備をしてきたはずだが、いざ教壇に立つと緊張し、声がうわずった。

幾ら先生が後ろに控えているとはいえ、彼らと年もあまり違わないからやじられたりしたが、何とか終えることができた。

最後のレポートを提出し帰ろうとすると、リーダー格の実習生に呼び止められた。

実習生の皆で反省会をするから、私も来ないかという誘いである。

一瞬ためらったが、せっかくの機会だからと思い予約しているという小料理店まで行った。

なにしろ紅一点である。

授業の仕方、先生の対応、生徒の批評などひととおり話し合うと、皆が一斉に私に問うてきた。

彼らからするとあまりに毛色が違ったので、興味深かったのかもしれない。あれこれ問われたが、結局知りたかったのは彼がいるのかいないのかであった。

「今、つき合っている人いるの？」、と言うので、「特定の人はいないけど、一応男女共学だからお茶飲み友達はいるよ」、とかわした。

彼らは急に興味をなくし、話も盛り上がらずお開きになった。

帰りは三、三、五、五、散っていった。

誰も私とは同じ方向でない、とほっとしたが、背後からの足早の音が気になり、振り返った。

何と、彼らのうちの一人である。

「君、よかったらもらってくれる？」、と薄っぺらの冊子を押しつけるやいなやまた足早に去っていった。

何だろうと、電車の中で冊子を広げると、彼の名を記した何篇かの詩がタイプで打ってあった。

それがきっかけでつき合うことになった。

とはいえ、彼は勤労学生で寮住まいであったから、直接会うことはそうなかった。

筆まめでハガキや手紙が度々送ってきたが、詩を書き付けただけのもので返信するのに難儀した。

詩のセンスなど全くない私は、形而上的な彼の詩を理解できなかった。

最終学年ともなるとアルバイトどころではなくなり、仕送り頼みであった。

夏に入る前に受けた教員採用試験は不合格。

落ち込んでもいられず、卒論に取りかかる。

年が明け、卒論をどうにか仕上げ提出したのは一月末であった。

卒業を目前にしてもまだ就職口がみつからない。

相変わらず詩を送ってくる彼に、(あんたはのんきでいいなあ)、と毒づくこともしばしばだった。

そんな折、キャンパスで教育実習先を紹介してくれた講師に偶然出会った。まだどこにも決まっていないのならと紹介してくれたのが、卒業後勤めることになった職場である。

1人欠員が出たので人を探していた、私立高校の事務職員であった。講師のおかげで、簡単な面接だけで採用された。

後は住むところである。

現在住んでいるのが学生アパートだから、卒業と同時に退去しなければならない。

あちこち見て回ったが、家賃もさることながらどこも決め手に欠いた。

ようやっと見つけたのが、大家の家の六畳一間である。

台所もトイレも別にあり、部屋にはベッドもタンスもしつらえてあった。

東京でこんなに安いところはないと思ったが、気になったのは身内以外出入り禁止という条件であった。

3月末他にいい物件もなくここに落ち着いた。

職場まで1時間とかからなかった。

3ヵ月は見習い期間で正規採用になったのは、暑くなった頃である。私はここで2年余り働くことになった。

教員や生徒との接触は思ったほどなく、職員は守衛も含めて10人もいたであろうか。

雑多な仕事ばかりであったが、どうにか自立できたことが何より嬉しかった。

それにしても給料は安く手元に幾らも残らなかった。

仕事にも慣れた2年目のことである。

上司から話したいことがあるからと言われ、職場近くの喫茶店に呼びだされた。

よもやクビにされることはないだろうと思ったが、わざわざ場を設けて何の話だろうと警戒しながら喫茶店に。

上司の開口一番は、「君、つき合ってる人いるの？」、であった。

とっさに彼のことがよぎったものの言葉に詰まった。

「実はね、君も知ってるだろう守衛のアルバイト青年、僕が出た大学の後輩なんだよ。自分で言うのもおこがましいが、僕は人がいいのか、後輩に頼られると断われなくてね。その彼とこの間いっしょに飲んでいた時にね、君のことが話に出たんだよ。それで…………………」

要はつき合っている人がいないなら、その青年とつき合ったらどうかという話であった。

上司から言われたからというわけではなかったが、一度会ってみることにした。

全く覚えのない人であった。

私の仕事帰りにその人が校門の外で待っていた。

１６０センチある私より４、５センチ高いが、男性としては小柄だ。

スマートというよりやせて貧相だ。

外見からしてやぼったい。

そう思う私にしても美人ではないし、スタイルがいいわけでもない。

釣り合っていると言われればそれまでだが、異性として何の魅力も感じなかった。

ところが話してみると視野が広くて面白い。

弁護士を目ざしていると言っていたので、もっとおたく的な人をイメージしていたが、話しやすくて垣根をつくらない人である。

それから半年ほど過ぎた頃、又上司に呼び出された。

今度は大方その人のことだろうと察しがついた。

ところが思いもよらぬ話であった。

いきなり、「君ね、結婚しないか？　ほらよく一人口は食えぬが二人口は食えると言うだろう。例の彼がね、僕に打ち明けたんだよ。この先ずっとつき合っていたら、僕も男だから男と女の仲になる。そうなる前に結婚したいと言うんだ」

「僕はね、そんな大事なこと直接君に言えよと言ったんだがね、断わられたら女性不信になる。何とかしてくれませんかと泣きつかれてね…………」

「そうだ、彼アルバイトは辞めて、弁護士事務所に勤めるらしいよ」

上司の話は続いた。

女性の自立は大事だけれど、結婚もいいものだよ。仕事と両立してる人もいる等々、こんこんと諭された。

上司にはしばらく考えさせて欲しいと言ったが、ほんとうのところは3年前からつき合っている彼が気になったからである。

一見したところ彼はいかにも文学青年らしさをまとい、その雰囲気を漂わせていた。

彼とのデートは決まっていた。

名曲喫茶で何時間も粘ることである。

ぼそっと近況を話すと、彼は自分の世界に閉じ籠もった。

幾分時間を持て余したが、私は彼といるだけで充たされた。

ところが勘定になって、今日は私がと言うと露骨にいやな顔をした。たまにはピクニックでもと思って、職場で催すピクニックに誘うと、即座に拒否だ。

会う頻度が増えると、好きだけではこの先うまくやっていけないのではないかと、不安になった。

私には親友ともいえる彼女がいて、その彼女に相談に乗ってもらった。彼に鎌を掛けることを勧めたのは彼女である。

上司への返事も延ばすわけにはいかず、彼に事情があってふるさとに帰ることにした、と告げると、最初はどうしてとか、もうこちらに戻ってこないのかと問い詰めてきたが、私の意志が固いのを知ると、首を振るばかりで口を閉じた。

閉じたまま、口を開こうともしないので、「じゃ、お別れするね」、と言って伝票を持ってレジまで行っても追っかけてこない。

私達は男女の仲にもなっていない。

彼にすればこれでじゃまくさい女と手がきれる、としか思っていないのか。考えさせてくれとでも言ってくれれば、別れないのに。

その夜泣くだけ泣くと、私は彼からもらった詩も全部破り捨てた。

彼こそ最初で最後の恋心を抱いた人であった。

翌日上司に結婚の話を進めて欲しいと伝えた。

ところがすんなりとはいかなかった。

私は生意気な嫁、彼は理屈っぽい夫と思われたからである。

両家ともなかなか折り合わなかった。

結婚式は挙げないつもりであったが、二人の友だちと私の上司が喫茶店を借り上げてくれ、会費制の結婚式になった。

上司は二人口は食えると言ったが、現実は厳しく、家賃を払うと幾らも手元に残らず、余裕のない毎日が続いた。

私は東京、妹は大阪で連絡を取り合うこともなかったから、実際のところ妹がどんな大学生活を送っていたのかわからなかった。それは妹も同じで、姉の実体がつかめなかったに違いない。

　そんなある日、私に不意をつく電話があった。それも父からで、即帰って来いと言う有無を言わせぬ電話であった。

　何のことか解せぬまま、父の迫力に気おされ急いで新幹線に飛び乗った。実家に帰ってみると、同じく父に呼び出されたのか妹もいた。

　父は母がトイレに立つやいなや地声のだみ声を絞って、「お前らには言わんかったんやけどな、お母ちゃん、この間、ステージⅢの子宮癌の宣告されたんや。ほんでわし、医者に頼んで大阪の癌センターに紹介状を書いてもらったんや。そこでもやっぱりステージⅢの見立てや。すぐにも手術した方がええと言われたんやけどな、ベッドが空いてなかったんや。それがやっと空いてな、明日入院することになったんや。お前らには」、そこまで言うと、母がトイレから出ようとする気配がした。父は一段と声を低めて急いで付け足した。「お母ちゃんには癌は癌やけど手術したらようなると言ってあるから、お前らよけいなことは言うな」

入院して2日後に手術した。

ステージⅢと言われたが、開けてみるとⅣに差しかかっていた。

危惧していたように予後はよくなかった。

抗癌剤や放射線治療を試みたが、たいした効果はなかった。

その間少しよくなると退院し、母の望み通り家にも連れて帰ったが、眉間にしわを寄せていることが多く、私達も気の休まる日がなく疲れがたまった。

今になって後悔するが、あの時一番つらかったのは母だったのに私達姉妹は母の看護を巡って激しく言い争った。しかも母が聞いていてもおかまいなしに。

手術して1年目頃はそれでもまだ助け合っていたが、2年目あたりから責任のなすり合いであった。

思うに私達は金銭的には苦労なしに育ち、少しの逆風にも堪えることができない甘やかされた人間であった。

でも当時私は、2歳上の夫と共働きでかつかつの生活。帰省の費用を捻出するのも容易でなかった。

妹は妹で卒論に取りかかっていて、時間のやりくりが大変であった。

母の治療費は父が出していたが、幾つかの定期貯金を解約しても余ることはなく家計を圧迫していた。

その上、あの頃は完全看護ではなく付き添い人の手当もかかった。

細かく言えば母を連れてのタクシー代もばかにならなかった。

退院した間は主に父や伯母が助け、私達は入院時に看護した。

母は私が見舞うたびに丸山ワクチンを買って来てくれ、サルノコシカケを手に入れてくれ、とこちらの財布も時間も考えなしに言う。

妹には見舞ってくれた誰それにお礼の品を渡してくれ、付き添い人に手みやげを持って来てくれ等、注文する。

私も妹も母の頼みに閉口し、私達にはそんなお金がないから父に言ってくれと逆切れした。

長年亭主関白だったので、母は父に頼めなかったのであろう。それでなくとも治療費を払ってもらっているという負い目があったに違いない。

しかし私達は母を思いやることもせず、互いの不誠実を責めたてた。

「姉ちゃん、働いているのならこの際なんとかしてよ。三流どころの大学に行って親にどんだけ迷惑かけたのかわかってるんか。仕送りに要った分返したら済む話やないか」

「そんなことを言うんなら、あんたが付き添いさんの代わりをしたらその分浮くやないか」

ああ言えばこう言うで見苦しい戦いが、伯母の耳に入り、「何て親不孝なことを言うんや。育ててもらった恩を棚に上げて」、と大目玉をくらったが攻防はやまなかった。

結局は父の知るところとなり、金銭面は解決したが、母を巡る看護は最後までかみ合わなかった。

友が私に言ったことが今でも忘れられない。

「私なら全てを捨てて母の元に行くわ。だってたった一人の母やで。その母を見捨てることはできん」、と。

でもどうあっても私は東京から離れたくなかったし、母のために自分を殺せなかった。

母はがんばったがついに力がつきた。47歳であった。昭和50年代のことである。

葬儀を済ませた晩である。

一本の電話が残った家族、父と私と妹との運命を大きく狂わせた。

たまたま電話の近くにいた父が受話器を取った。

「志津？　こんな時に電話してきて何の用や。めいわくや。今後いっさい電話してくるな」

ガチャンと音を立てて切った。

と、妹が、「お父ちゃん、何で一方的に切ったんや」、と父に詰めよった。

「あんな男とつき合うな」

「勝手なこと言わんといて」

「あんな男とつき合うから皆に笑い物にされるんや。頭冷やして考え！」

まだ何だかんだと反発する妹に、父は堪忍袋の緒が切れたのか、「あほ」、と声を上げて妹を殴りにかかった。

後片づけのためまだ家に残っていた伯父や伯母が騒ぎを聞きつけてやってきた。

「こんな家出て行く」、とわめく妹を伯母がなだめ、父と私に、「2、3日ほとぼりがさめるまで私の所で預かるから」、と言って妹を連れて帰った。

えっ？　妹はこんな時でも男とつき合っていたのか？　あんな男とは誰？

何も聞かされていなかった私は釈然としないことばかりであった。

それから二十数年、行き来は途絶え、妹が家に戻ることはなかった。

出て行くとたんかを切った妹は、翌日伯母の家から抜け出し、そのまま男の元へ転がり込んだ。

3章

母の葬儀を済ませ東京へ舞い戻った。

途端に伯母からの手紙攻勢が続いた。

身辺自立ができない父をいつまでほっておくのか、あなたは長子であるから家を守る義務がある、と。

しばらく返事をしないでおくと今度は速達便で送りつけてくる。

文面は同じ。帰る義務から帰って下さいになっているだけだ。

とうとう根負けして、1ヵ月後の法事に改めて話し合うことで了承してもらった。

法事の前日に帰省すると、初夏だったせいか、草が生い茂り、たった1ヵ月見ないうちにこうも変わるのかと思うほど荒れている。

まだ父も勤めていたから仕方のないことと思ったが、外の手入れまでも母に任せっきりだったのがよくわかった。

家の中もやもめ所帯そのままで、台所のシンクに汚れた椀や鍋が積み上げてある。

風呂やトイレもそうじしなければ使えない。

軍隊生活を経ているので多少の自炊生活はできるはずだが、これも長年母に任せっきりであったから面倒だったのか、インスタント食品や缶詰ばかりが目につく。

この際汚れは目をつぶるとしても、こんな偏った食生活を続けていけばいずれ体を壊してしまう。

伯母との話し合いを待たずして、帰ることを決断した。

父は何も言わなかったが伯母は相好を崩して喜んだ。遺影の母に向かっても報告していた。

後で父が席を立つやいなや伯母は、「実はな、美也ちゃんが帰らないなら私の身内をあんたのお父ちゃんの後妻にしようと思っていたんやで」、と。

その夜、疲れていたはずなのになかなか睡魔がおそってこなかった。

伯母も勝手だ。

再婚させる選択もあるのなら、なぜ先に言ってくれなかったのか。

ほぞをかんだが、うかつだったのは私だと思い直す。

それにしても母のことを思うと私の決意は揺れた。

両親が離婚することでもなれば私は迷うことなく母についていったが、だからといって母を好きかと聞かれたら即答できない。

嫌いとまでは言えないが、決して好きになれなかった。

何より夫に従順な母がいやだった。

時代を考慮しても自立できない母が疎ましかった。

さらに容認できなかったのは、古い考えを押しつけてくることであった。

女は外で働くより家で夫を支えること、外でも家でも多少の理不尽を言われても、決して刃向かっていかないこと、極めつきは、女は愛嬌や、であった。

大学で女性の人権思想を学んだ私には、母の言うことはあまりに古くさくて徹底受け入れられなかった。

それに母は私には古い考えを押しつけてきたが、妹には何も言わなかった。あの無愛想な娘だ、へたをすれば一生独身かもしれない、かと言って外で稼ぐほどの才覚もない、無難に主婦をつとめる以外道はない――恐らく母は私のことをそう思っていたに違いない。

一方で妹のことは、あの娘ならもてるしほっておいても結婚相手を見つけてくるだろう、職も高望みしなければつけるだろうから、私が心配することもなさそうだ――と読んでいたのであろう。

母を好きになれなかったのは他にもあった。

本を読むわけでもなかった母は、娘が高校生にもなって体つきも変わってきているのに、男女交際をまるで幼稚園児の男の子と女の子が仲良くしているかの感覚しかなかった。

高校の時から幾つも赤ランプが点滅しているのに、気づかなかった母が私には母親失格にしか思えなかった。

　妹が家を出た後、伯母が白状した。

「今から思えば志津ちゃんは一筋縄ではいかない娘《こ》であった。あんたのお母ちゃんだけでない、私ら周りの人も皆ころっとだまされていたんや。なまじ成績がいいだけに、男と間違いをおこすなんて思わんかった。高3の時、妻子ある先生とつき合っていることがわかってな、ちょっと問題になったんよ。あの時はあんたのお父ちゃんの耳に入り、大事にはならんかったけど、どういうわけかあんたのお母ちゃんには内緒にしたから、お母ちゃんは最後まで気づかなかったんよ。それにな、どうやら大学に入った後もよう遊んでいた節があるねん。一度など銭湯で膀胱炎になったと言うので、あんたのお母ちゃん、下宿先に駆けつけてようなるまで介護したんやけど、今考えるとそれもおかしな話で、恐らく中絶の後の回復具合がよくなかったんやないかと思うんや。けどな、私もあんたのお母ちゃんも男女のことに全く疎くて想像もつかんかったんや」

　死体にむち打つことはできないが、私の母に対してのやるせない思いは消えそうになかった。

だからといって父が再婚するとなると、これまで支えてきた母の苦労が泡になる。それもやりきれない。

家族を犠牲にして父一人がいい思いをするのは許せない。

あれこれ考えると、頭の休まることがなかった。

いつ眠ったのか、気づくと朝になっていた。

結局はUターンになった。

すでに長男が誕生していたので、育てるには田舎の方がいいということもあった。

何とか夫を説得し、いっしょに帰って来てくれたのは有り難いことであった。

しばらく夫は職探し、私は家の掃除や片づけで忙しくしていたが、大方めどがついたある日、見計らっていたかのように伯母からの長い電話があった。

最初はとりとめのない話であったが、急に声を潜めてそこに誰かいるのかと訊いてきた。

誰もいない、子どもも眠っていると言うと、「あんたのお父さんが話しにくいと言うので、私が替わって話すんやけど、あんたも気になっている志津ちゃんのことや。今はもう例の男といっしょになっていてな、男の親戚筋になる人の家を借りて住んでいるんや。しかももう籍を入れ夫婦になっていて、反対しようにもどうにもできん状態になっているんや。それでな、もっとややこしいのはあんたの家から近くなんや。あそこなら車で半時間とかからんやろ。まあ、それでも釣り合った相手ならいくら私ら昔人間でも反対はせんけど……。その上頭が痛いのは狭い村社会のことや、皆の笑い物になっているんや」、と。

伯母の話を聞いていても、男のイメージが涌かない。

男の正体が気になり、伯母の話が一息つくのを待って尋ねた。

「伯母ちゃん、その男というのは誰？　どんな人なんや？」

「えっ？　それが……」、と途端に歯切れが悪くなる。

どうやら想像できる範ちゅうを超えているようだ。

いずれにしろ刺激の少ないところであるから、こと男女のこととなるとかっこうのうわさになる。しかもあっという間だ。

伯母はしばし間をおいて重い口を開いた。

「志津ちゃんといっしょになった人は、あんたも会ったことがある人や。ほれ、あんたも知ってるやろ、私らの母の妹で、都叔母、あんたらの大叔母や。今も主になって酒屋をやっている。旦那はとっくに亡くなっていて、1人で住んでるんや。もう70になるやろか。話は長くなるけどな、私らの母は結核で40になるかならんうちに亡くなったんや。父親はすぐに後妻を迎えたんやけど、末の妹は5つやったから懐いたけど、他の5人は懐つかへん。それで都叔母が私らのことを気にかけてくれて、ことにあんたのお母ちゃんを可愛がったんや。そんなこともあって、あんたのお母ちゃんが結婚しても変わらず目をかけてくれたんよ。お母ちゃんが入院した時もよう見舞いに来てくれたやろ。伯母はどこへ行くにも店の従業員に運転させていっしょに行くんや。その従業員というのが志津ちゃんの旦那や」

重い口を開いた割にはまだ訊き足りないことがある。

目を細めて奥の様子を見たが、子どもが目をさました気配はない。

「会ったことがあるかも知れんけど、よう覚えてない。それよりどんな人なん？　年は？」

矢継ぎ早に問うと、伯母は又言い渋ったが、今話さなければそうそう機会もないと思ったのか、

「年の差は20もあるねん。まあそれはいいとしても、離婚歴もある男でな、20過ぎの娘もいるねん。中学卒業と同時に叔母の酒屋で働くことになって、今に至っているんやけど、素行もよくないから、叔父のいる時にクビにするという話が出たんや。けど何でか叔母が庇って仕事を続けさせてん。それはちょっとした美談やけどな、そのうち叔母とおかしな関係になってな、と言うのも叔父はその頃外に女をつくっていてな、叔母は構ってくれない寂しさと腹いせもあったんやろな、まあ志津ちゃんほど開けっ広げなことをせんかったから大きなうわさにはならんかったけど、今でも志津ちゃんが焼き餅をやくぐらいやから、伯母との関係が終わったかどうか正直わからん。そうや、顔もくしゃっと

した猿顔で背も志津ちゃんよりちょっと高いだけで、冴えない男や。中年男が若い女に手を出すということはよくあるけど、学歴もあり容姿もええ志津ちゃんが何であんな男とひっついたんやろというのが皆の興味を引いてな、えらいうわさになっているんや。それにあのあほがわしはどっちでもよかったんやけど、志津の方から迫ってきたんやとぬけぬけと吹聴してるんや」、と。

顔を紅潮させ興奮して話しているだろう伯母が容易に想像できた。

ほとほと気も萎えた私に、伯母は気付け薬を吹きかけるかのように、「つらいやろけどな、皆の挑発に乗っては絶対にあかんで。何を聞かされようと、妹と私は別人間やと思ってき然とした態度を取りや」、と言って電話を切った。

伯母からの忠告はあったが、当時私も若くて大人の対応ができず、いっそのこと心中でもして、この世から二人とも消えてくれと願った。

こんなことなら帰ってこなければよかったと父を恨んだりもした。

そして何より挑発してくる周囲の人が、疎ましくて顔を合わせるのもいやだった。

大学で学んだ思想や信条などこっぱみじんに崩れ、社会や経済のことなどどうでもいいようになった。

周囲の人は皆無知無能で彼らとこそ闘わねばならない相手だと思った。

確かに伯母は相談に乗ってくれアドバイスもしてくれたが、うわさに翻弄され地獄のような生活から脱出することができなかった。

妹夫婦はほんとうに奔放でべたべたくっつきながら散歩をしたり買物をするので、いやでも皆の視線がいった。

いっしょになっていることを知らない人は、わざわざ父や私に、「志津ちゃん、変な男といっしょにいたで。大丈夫か?」、と知らせに来た。

親切のつもりであろうが、父や私にとってはおせっかいそのものであった。(ほっといてくれ)とも言えず、フラストレーションが積もるばかりであった。

これに似たことは枚挙にいとまがないほどおこった。

妹夫婦は4人の子をもうけた。4人とも女の子である。

最近は個人情報の保護もあって公開しないケースもあるが、新聞の地方版に、〝おめでた〟と称して出生日と名前が載る。

父も私もそれを見て子の誕生を知り名を知った。

父がどう思ったかわからなかったが、私は次から次へ恥さらしなことをして、しかも4人も子をもうけるなんてどんな神経をしているのかと怒り以外になかった。

だが記事を見た周りの人は口にせずにはいられなかったのか、父や私をつかまえては、「志津ちゃん、女の子を産んでんなあ。もう見て来たんか?」とか、「志津ちゃん、赤ん坊の顔見せに帰ってきたか?」「4人目できたんやてなあ。がんばったんやなあ」としらじらしく言ってきた。

こちらの反応を見て楽しんでいるのだとしか思えず、煮えくり返ったが、「うん、そのうち帰ってくるわ」、と澄まして返事した。

澄まして返事はしたものの、後でイライラが治まらず、何度物をたたきつけたことだろう。

子ども達が小学生になると、より悩まされた。

ただ救いだったのは通う小学校が違ったことだ。

それに私は男の子だけ、妹は女の子だけだったので、地区対校試合に行ってもサッカーとバレーに別れ、お互い顔を合わせずにすんだことだ。

子ども達はいとこ同士になるわけだが、私はそもそも叔母になる妹のことを息子達に伝えていなかった。

年も幾つか違っていて、同学年の子がいなかったのも都合がよかった。

ところがそれをあざ笑うかのように、長男の友だちのお母さんが実家に帰るのに、自分の息子と長男を連れて妹夫婦の店（大叔母から譲り受けた酒屋）に立ち寄った。それだけなら問題にならなかったのだが、友だちのお母さんは自分の息子と長男を車から下ろすと、近くの実家で待っているから2人で店に行って菓子を買うように言った。買うためのお金は渡したらしいが、長男に、この店はあんたの叔母の家や、いとこもおったら遊んできたらと吹き込んだ。

長男はわけもわからず友だちと店に行った。どうやら店には酒だけでなく、つまみや菓子も売っていたらしい。妹は私の長男だと見てとると、買物はさせたらしいがけんもほろろに追い返した。

夕方、泣きながら帰って来た長男は私に、「あのおばちゃん誰？　あんなこ二度と行かん」、と盾突いた。

これには私もよけいなことをしてくれた彼女と妹に怒りを押さえられず、そばで聞いていた父に、「お父ちゃんが間違った子育てをしたから、あんな子になったんや。孫まで泣かして」、と詰め寄った。

父は力なく首を振るだけで何も言わなかったが、このことを境にますます孫を可愛がった。

依然妹夫婦は私にとって目障りな存在であった。

何をしていても頭にちらついて心ここにあらずの状態が続いた。

子ども達が何をしたわけでもないのに、つい声を荒げたこともしばしばあった。

彼らにとって災難であったはず、今さらながら反省することばかりである。

そんな日々を送っていたある日、伯母からの電話があった。

何と妹の旦那が亡くなったと言う。

心筋梗塞でたおれたと言うことであったが、本人はまだ60前で、末の娘は4歳になったばかりである。妹にしても40前であった。

不謹慎な話であるが、殺したいとまで思った男に、これでせいせいしたと思う以外に何の感情も沸いてこなかった。

やっと一件落着かと思ったが、事態は好転せず、妹とよりを戻すことはなかった。

でも父と私は、少なくともこれまでのような醜聞がなくなると思いほっとした。

が、それもつかの間のことであった。

人づてに聞いたのは、亭主に取りすがって泣いたらしいが、酒屋を続けていくには酒販組合に協力してもらわなければならないとかで、そこの組合長である男といい仲になっている、と。

しかも男は今度もかなり年上で、妻子もいるのに、昼間から妹の家に出入りしてべたべたしている、と。

伯母は、「性懲りもなく………。男なしでは生きていけへんのやろ」、と切り捨てた。

伯母なら切り捨てることで済む話だが、父や私は降りかかる火の粉を又払わねばならない。

だが私はほとほといやになった。

このままでは私の人生が潰されると思い、やっと外の世界に目を向けた。

子どもに手がかからなくなったこともあり、少し離れた市のカルチャーセンターに通うことにした。

市といっても5万にみたないところであったが、私の住むところとは学区も異なり、知った人もいなかった。

ここまで来ると家はどこかと詮索されることもなく、私はこれ幸いとばかりに妹のことを封印した。

趣味は読書であったので読書会に、それに文章教室にも入会した。いずれも平日だったので、同年配の人がいないのが残念であったが、Uターンしてきて久々に友ができた。

遠方に友はいたが、地元に気を許せる人がいなかった私は、心が弾み生活に張りがでた。

一方、私が外へ外へと踏み出して行くのに反して、父は古希を過ぎた頃より地元に根を下ろしていった。

職を退いた父は地域の奉仕活動にも熱心に取り組み、地元の人とのつき合いもいとわなかった。

昔からお山の大将的なところはあったが、皆といっしょにゲートボールを楽しみ、請われれば自分の本も貸し出し、趣味の川柳も臆することなく披露した。

私ほどには妹のことを言われなかったこともあるが、この地で育ちこの地以外どこにも住んだことがない父にとって、多くの友がいるここは愛すべきふるさとであった。

一度など、父の幼なじみが心配して、「おまえ、意地を張らんと志津ちゃんとよりを戻せ。わしが段取りするよってどっかの店で話し合いをせんか」、と親身になって言ってくれたが、残念ながら実現はしなかった。

父は私と違い地元の人を大事にした。

それに息子達が保育所に通うことになると、送り迎えを買って出た。

1キロほどの距離であったから散歩も兼ねての送り迎えである。

道中誰彼に会うと、「わしの孫や。わしに似ているか？　こいつがわるさをするようなことがあったら遠慮なく言ってきてくれよ」、と孫を引っぱり出した。

ゲートボールにも連れて行った。

息子達はいつの間にかペットのように可愛がられ、帰りにはたくさんの菓子を持たされた。

息子達が学校に上がり、サッカーで帰りが遅くなると、そのうち帰ってくるやろと気にもしない私に、「なんぼ男の子やからといっても心配や。ちょっと見てくる」、と言っては迎えに行った。

活発であるが学習意欲に欠ける息子達に、私がガミガミ言い立てていると、いつの間に聞いていたのか、「おまえみたいに怒ってばかりいてはいかん」、と孫を庇いさっと外へ連れ出した。

「お母ちゃんには内緒やで」、と言っては私が与えない甘いものを与えたり、高校生になると、「友だちつき合いもあるやろ」、と言っては私が渡す小遣いの上に渡したりした。

そんな父であったから息子達が進学のため家を出て行くのが寂しかったのであろう。

長男が出て行く時はともかくも、次男が家を出る時は、いよいよこれで孫との生活もなくなると思うと胸が詰まったのか、次男が見えなくなるまで門に立ち続けた。

ふるさとに全く愛着のない私は、息子達がそのまま都会に住みついても構わないと思い、帰ってこいコールはしなかった。

だが父は、ここはおまえらのふるさとや、いつでもええ、帰ってこい、と折に触れて言っていた。

父とは彼らのしつけ、教育方針でことごとくぶつかった。

子より孫の方が大事かといぶかったが、つい最近従姉妹からこんな話を聞いた。

「おっちゃん、美也ちゃんのこと心配してたで。あいつは外国でも東京でも平気で行く。この頃はカルチャーセンターへやらも行ってる。そやけどな、近所の集まりには行こうともせんのじゃ。そんなことでは世間を狭くすると言うんじゃが聞く耳を持たん。どうしたものかな」、と案じ、「あんたらが志津のうわさを耳にしても、あいつには言わんとってくれ。わしはなんぼ嫌われてもええが、あいつは志津のことを聞くたびにカリカリしてノイローゼになりかねんよってな」、と言っていたと。

親の心子知らずである。

郵便はがき

料金受取人払郵便

新宿局承認

2523

差出有効期間
2025年3月
31日まで
（切手不要）

160-8791

141

東京都新宿区新宿1－10－1

（株）文芸社

愛読者カード係 行

<table>
<tr><td>お名前《ふりがな》</td><td colspan="2"></td><td>明治　大正
昭和　平成　　年生　歳</td></tr>
<tr><td>ご住所《ふりがな》</td><td colspan="2">□□□-□□□□</td><td>性別
男・女</td></tr>
<tr><td>お電話
番　号</td><td>（書籍ご注文の際に必要です）</td><td>ご職業</td><td></td></tr>
<tr><td>E-mail</td><td colspan="3"></td></tr>
<tr><td colspan="2">ご購読雑誌（複数可）</td><td colspan="2">ご購読新聞
新聞</td></tr>
<tr><td colspan="4">最近読んでおもしろかった本や今後、とりあげてほしいテーマをお教えください。</td></tr>
<tr><td colspan="4">ご自分の研究成果や経験、お考え等を出版してみたいというお気持ちはありますか。
ある　　ない　　内容・テーマ（　　　　　　　　）</td></tr>
<tr><td colspan="4">現在完成した作品をお持ちですか。
ある　　ない　　ジャンル・原稿量（　　　　　　　　）</td></tr>
</table>

書　名				
お買上 書　店	都道 府県	市区 郡	書店名	書店
			ご購入日	年　　月　　日

本書をどこでお知りになりましたか?

1.書店店頭　2.知人にすすめられて　3.インターネット(サイト名　　　　)

4.DMハガキ　5.広告、記事を見て(新聞、雑誌名　　　　)

上の質問に関連して、ご購入の決め手となったのは?

1.タイトル　2.著者　3.内容　4.カバーデザイン　5.帯

その他ご自由にお書きください。

(　　　　)

本書についてのご意見、ご感想をお聞かせください。

①内容について

②カバー、タイトル、帯について

弊社Webサイトからもご意見、ご感想をお寄せいただけます。

ご協力ありがとうございました。

※お寄せいただいたご意見、ご感想は新聞広告等で匿名にて使わせていただくことがあります。

※お客様の個人情報は、小社からの連絡のみに使用します。社外に提供することは一切ありません。

4章

夜が明けてきた。

家の中はまだ静まっていたが、線香の香がする。

葬儀は午後1時からだが、慌てて身仕度をし台所に立った。

朝食を済ますと、台所仕事は手伝いに来てくれた人に任せ、私は葬儀の準備に取りかかった。

「急やってんなあ。ちょっと顔を拝ませてな」、と言って、昨日の通夜に来れなかった人が1人、2人とやって来た。

懇ろな悔やみを受けている間に昼になる。

伯母の助けを借りて着物に着替え、決められた席に座わろうとした時、上がり框の方からざわざわとした音が聞こえてきた。

受け付けをしていた近所の人が慌てて私を呼びにきた。

「美也ちゃん、ちょっと来てんか。志津ちゃんが来てるんや」、と。

妹とは何度か擦れ違ったが、まともに顔を合わせたのは二十数年振りである。

妹はすっかり中年女になっていて、どっしりとした体型になっている。昔のおもかげはない。

私がどんな態度をとるか、皆の注目を浴びる。

もたもたできず、込み上げてくるもろもろの感情を抑え、「もうすぐ式が始まるよって、早よう上がって私の後について来て」、と、それだけ言うと決められた席に戻った。

妹は読経の間は忍び泣きであったが、いざ出棺となると人前も構わず大泣きをした。

肉親を亡くしたのだから当然と言えば当然だが、私も伯母も泣くのを忘れるほどであった。

初七日の法事の前に遺品整理をしようと、父の寝室に入った。

ざっと片づけてはいたが、抽き出しの中はまだである。

どの抽き出しの中も父の大ざっぱな性格そのままにボールペンがあるかと思えば耳かきもあるという具合で、整理に手間取った。

と、畳んだメモ用紙が出てきた。

少し黄ばんでいる。

何をメモしているのかと広げてみると、妹のところの4人の娘の名と生年月日が記してあった。

もしやと思い父の手提げ金庫を開けてみると、4人の娘の名を記した通帳が4通と印鑑が入っていた。

一度とてまともに会ったことのない孫達なのに、内孫同様可愛かったのかと思うと、哀れであった。

それ以上に、あんなに悩まされた妹なのに切り捨てることができない父の業を見た気がした。

遺産相続が間もなく始まる。

揉めることが予想できたので、専門家に頼んでいたが、手提げ金庫の中までは申告していなかった。

見つけた通帳をなかったことにしようか、すぐには決論が出せず、しばらく様子をみることにした。

ハガキで初七日の法事を知らせたが、妹は来なかった。

遺産相続も終え、後は判を押すだけになっても、妹からの反応はなく私達は手をこまねいた。

ところがある日、私ではなく夫の方に会って話したい、と言う電話があった。話が済んだ夫が言うには、妹は酒屋の経営がうまくいかず自己破産をしたと。自身も子宮筋腫で手術をし、今は三女の稼ぎで生活しているが、四女が自立できず困っている、判を押すので前もって幾らか欲しい、とそんな話であった。

長女も次女も国立大学を卒業し、長女はアメリカで次女は大阪でキャリアウーマンとして自立している。でも彼女達にしてみても、母親に送金する余裕はないのであろう。

兄姉妹と仲のよい夫は、「おまえの気持ちはわかるけど、いつまでも意地を張らんとこの際助けてあげたらどうや」、と持ちかけてきた。

後日、墓参りに来た妹に父の残した孫名義の通帳と印鑑を渡した。

それでも合わせると相当の額になる。

妹は手を合わせるばかりに喜んだが、ふっと真顔になり、「ほんとにもらってええの？」、と問うてきた。

今思っても冷やりとする。

猫ばばしないでよかったと安堵する。それより何より、父の厚意が無駄にならずに済んだ。

それからしばらくはためつすがめつの行き来が続いた。

最終章

二十数年立って気づいたことは、互いの生活時間にずれがあることであった。

もう携帯電話が行き渡っていて、行き違うことはなかったが、この時間ならいてるはずだと思ってもとっくに寝ていたり、どこかに出かけていて電源を切っていたりで、連絡がつかないこともあった。

店を畳んだからてっきり家にいると思った妹が、塾の講師をしていた。

もちろんアルバイトであったが、それでも週に3回教壇に立っていた。

出前の家庭教師もしていた。

確か、教員資格は持ってないはず。

その辺の事情はわからないが、中・高校生に数学を教えていた。

後に姪の1人が言っていた。

「私ら姉妹はお母さんに数学はもちろん、どの教科もみてもらったことはない。忙しくしていたこともあるけど、ある意味放任主義で進学も就職も本人任せ。まあ、うるさく言われなかったことはよかったけど、しんどいこともあったよ」、と。

なかなか見えてこない妹の一面がわかりおもしろかったが、意外とたくましく生きている妹に驚かされた。

それに比べると私は、成績重視で追い込んでしまい、息子達の反発を買うだけで進学も就職も望みどおりにいかなかった。

それにしても妹のところの四女は気がかりだ。

いまだフリーターで不安定だ。

四女の姉が、姉妹で1人だけ中卒なのは中学の時ぐれて、一時は更正施設に入っていたからだと教えてくれた。

私なら叱咤するところだが、妹は、彼女に対しても鷹揚で1人ぐらいはそんな子もいると構えている。

生活時間のずれだけで話すと、わが家は夫婦2人だけの生活なので、朝は早く、夕食も6時頃には済ませている。夕食を終えると夏以外は戸締まりをする。戸締まりといっても田舎の一軒家である。門をかんぬきで閉じ外の灯りを消す。大方の人は、そこで玄関のチャイムを押すのをためらい帰っていく。妹もそのことはわかっているはずだが、二十数年の隔りが遠慮になったのか、せっかく来たのにそのまま帰っていった。

好きな食べ物も違っていた。

昔の妹は、母がわざわざ米を届けるぐらいのご飯党であったのに、今では一日一膳で、朝食抜きである。

みそ汁も漬物もなし。のりや佃煮も一切食べない。

最初は断りきれなかったのであろう、のりや佃煮を持って帰っていったが、そのうち食べないからと断るようになった。

妹はその点においては慎重であった。

必ず前もって、「姉ちゃん、○○食べる?」と尋ねる。

わが家の食事はほとんど和食で、パンを食することはない。

間食もあまりしないので、コーヒーやジャム、それに甘い菓子を頂いても正直持て余すことが多い。捨てるわけにもいかず、もらってくれる人を探すのにも一苦労だ。

今では妹もそのことを心得ているので助かるが、実は一度閉口したことがある。

バースデーケーキだと言って持ってきてくれたことがある。胸やけをおこしそうな生クリーム付きだ。

妹の厚意を無下にもできず、後で食べるわとと言ってかわしたが、恐らくそれでケーキ等はNGだと悟ったのであろう、以後持ってくることはない。

あまりに些事のことで話すまでもないことだが、何しろ私達は二十数年の空白があったので、昔のイメージを持ったままであった。

言われてみると私は小さい頃から甘党であった。

おばあちゃん子であったからか、いつも飴玉や砂糖菓子を口にしていた。

そのために虫歯になり、母は何度も歯科医院に連れて行った。

妹からすると、歯科医院に行く姉は消え、甘い物が好きというイメージが残った。

確かに私は甘党であったがいつの頃からか、甘い物に手がいかなくなった。むしろ辛い物の方が好きだ。

対照的に妹は小さい頃よりおせんべいが好きでしょっぱい物に手を出した。そのイメージのままでいくと、辛い物が好きなのかと思ったが、いつの間にか好みは変わっていて、大病をするまで間食の習慣があり、常時ケーキやクッキーの類が家にあった。

同年代の姉妹を見てると、温泉にいっしょに出かけたりしているが、私達は旅の話は出ても同行の話にはならなかった。

妹は娘に連れて行ってもらうことがあり、大抵は娘の好みに合わせての、ソウルや香港であり、ショッピングやグルメを求めての旅であった。妹もそれで満足はしていた。

片や私はヨーロッパで、ドイツには友がいたので2回ほど行ってきた。

それでも私達は月に1回、会うかどうかの関係で、とりとめのない話で終えることが多かった。

そうこうするうちに私達を慌てさせたのは、妹の病である。

いきなり私に電話を掛けてきて、

「姉ちゃん、私乳癌や。自分では小さいしこりやから初期やと思ったんやけど、Ⅱ期だったわ。ベッドが開き次第入院することになったんや。一応言うとことと思ってな」、と話すものの普段の声ではない。

母を癌で亡くしているだけに気が気でない。

妹も癌については神経質で、注意を怠ることはなかったのに、そう思うと何と声を掛けていいのかわからず言葉に詰まった。

娘達がつき添ってくれるから来てくれなくてもいいとは言ったが、どうにも心配で手術当日、病院まで急いだ。

医学の進歩もあってか、全摘したが予後は良好で、もう5年が経った。

妹の病で少し距離を縮めたが、相変わらず会うのは月に1回あるかなしで、密な関係と言うにはほど遠い。

それにどこか他人行儀なのは、妹の死んだ亭主のことに触れないことである。

いろんなうわさがあったが、結局妹は再婚することなく今に至っている。

理由はわからない。

4人も子どもがいたからなのか。

結婚するのはもうこりごりなのか。

それとも死んだ亭主を上回るほどの男に出会わなかったのか。

はたまた結婚したいと思っても、男の方で拒否したのか。

でも問い詰めたところでどうなるものでもないし、せっかく築いた関係がたとえ本物でないにしろ、こわれたら何にもならない。

そのこともあって、死んだ亭主のことを引っぱり出すのは避けている。

妹の子ども達も自分達の父のことを私の前では話そうともしない。

私がいやがっているのを知っててか、父とのいい思い出がないのか、どちらなのかわからないが、とにかく父の話は禁句になっている。

許容範囲の狭い私は、いまだに彼のことが許せない。どうしても父と私、それに妹の人生を狂わせた張本人と思うからだ。

死んで忘れるぐらい経っているのに、私は仏壇に手を合わせることもないし、墓参りもしたことがない。

彼のことがしこりになっているのは確かで、そういう意味でも私達はまだ本物の姉妹ではない。

ところが先日、わが家にやって来た姪の娘が、「おばちゃん、ばあばに似ている」と言うではないか。

似ていると言われて、私と妹は苦笑い。

顔のパーツは違うのに、しぐさや物言いが、小さな娘には似ていると思ったのであろうか。

二十数年経ての結果である。

そして今になってつらつら思うことがある。

二十数年、一体私は誰と争ってきたのであろうかと。

何よりうわさを流し、やゆする周りの人達と争ってきたつもりだが、実際のところ私は、〝世間の常識〟に翻弄されただけではなかろうか。

彼らを敵とみなしたのは早計だったのではなかろうか。

彼らから見ると、私は鼻持ちならない人であったかもしれない。

大学までやってもらって、Uターンしてきたかと思ったら、地元の人とはつき合わず、うち娘で何の苦労もなしのプライドだけが強い女だ、――そう思っていたかもしれない。

少しぐらいいやみを言ってやれ。言っても当然だ。罰も当たらないだろう、と。

私は彼らから見るとねたましい存在であったようだ。

「美也ちゃんはいいなあ。姑の苦労なしで」、と息子達の友の母親から、何度となく言われた。

あれこれ考えると、彼らを敵と言えるであろうか。

こんな考えを持つようになったのも、二十数年経ってのことである。

だがいたずらに過ぎていった二十数年は取り返せない。

それにあんなに父を恨んだが、父だってつらかったに違いない。

ふしだらで奔放な妹で孤立していると思ったが、気づいたら私以上に地域に溶け込み近所つき合いがあった。

今ならわかる。

父が誰よりも会いたかったのは妹であり、誰よりも和解したかったのは私である。

「もう、あの子のことを許してやれ」と。

それでも私は、いまわの際までに妹に問いたい。

「あの人と結婚して、後悔したことは一度もないの？」と。

あとがき

もともとはコンテストに応募した作品です。

約2000作品の応募があったとのこと。私の実力からすれば選外であっても何の不思議でもありません。

ところが運があったのか、文芸社出版企画部で拾ってくれ、こうして出版することになりました。

多くのプロでない書き手にとって、活字になって世に出ることは、望外の喜びです。

けれども、いざ出版となると、いくつものためらいが付きまとってきました。

送り返してくれた原稿を改めて読んでみると、枚数も足りないし、誤字もある。